Gwneud fel maen
NHW'N
ei ddweud!

Cardiff Libraries
www.cardiff.gov.uk/libraries

Llyfrgelloedd Caerdydd
www.caerdydd.gov.uk/llyfrgelloedd

Gwneud fel maen NHW'N ei ddweud!

Gwenno Mair Davies

Lluniau Helen Flook

Gomer

Cyhoeddwyd gyntaf yn 2013 gan
Wasg Gomer, Llandysul, Ceredigion, SA44 4JL.
www.gomer.co.uk

ISBN 978 1 84851 457 7

Dymuna'r cyhoeddwyr gydnabod cymorth
Adrannau Cyngor Llyfrau Cymru.

Argraffwyd a rhwymwyd yng Nghymru gan
Wasg Gomer, Llandysul, Ceredigion.

1

'Oes rhaid i ti bigo dy drwyn reit o 'mlaen i, a finnau'n trio bwyta fy mrecwast?' gofynnodd Lisa i'w brawd mawr, a oedd fel petai'n fyddar i'w chwestiwn.

Rhoddodd Lisa gynnig arall arni ymhen cwpwl o funudau. 'Deio, rho'r gorau iddi. Ddylet ti ddim pigo dy drwyn.'

'Pam ddim? Fy nhrwyn i ydy o,' atebodd Deio, gan wthio'i fys yn bellach i fyny'i drwyn, er mwyn cynddeiriogi ei chwaer fach gegog.

'MAAAAM!' sgrechiodd Lisa. 'Mae Deio'n pigo'i drwyn!'

Cododd Deio'i ben (a'i fys yn dal yn ei drwyn) i wrando'n astud am ymateb o gyfeiriad yr ystafell fyw, lle'r oedd ei fam wrthi'n chwilio'n wyllt am ei lyfr gwaith cartref, ond ddaeth dim ymateb i gŵyn Lisa. Gwenodd Deio wên hunanfoddhaus ar ei chwaer, cyn tynnu'i fys o'i drwyn a'i ymestyn o flaen wyneb Lisa fel cosb am ei hymgais aflwyddiannus i'w gael i drwbl.

'MAAAAAAAAAAAM! Mae Deio'n trio sychu'r baw trwyn ar fy llawes i!' Roedd llais Lisa'n ddagreuol erbyn hyn. 'MAAA . . .'

'Be ydy'r holl weiddi mawr 'ma?'

Ymddangosodd Mam yn nrws y gegin, ei hwyneb yn goch, ac yn gafael mewn llyfr blêr a'i gorneli wedi cyrlio. Roedd hi'n amlwg wedi dod o hyd i'r llyfr gwaith cartref roedd Deio wedi'i guddio mor gelfydd i lawr ochr y soffa.

'Lisa sy'n cadw swn am ddim byd,' meddai Deio wrth sychu blaen ei fys yn slei yn ei drowsus ysgol o dan y bwrdd.

'Mae Deio newydd bigo'i drwyn a thrio sychu'i fys ar fy nghardigan lân i,' oedd fersiwn Lisa o'r stori.

'Naddo tad!' protestiodd Deio.

'Do tad!'

'Wnewch chi'ch dau roi'r gorau i ffraeo a bwyta'ch brecwast, neu mi fyddwch chi'n hwyr i'r ysgol,' dwrdiodd Mam.

Tynnodd Deio'i dafod i gyfeiriad Lisa, a gwgodd hithau arno yntau.

'A Deio, mae'n rhaid i ti stopio pigo dy drwyn, rhag ofn i dy fys di fynd yn sownd ynddo fo rhyw ddiwrnod,' rhybuddiodd Mam, wrth iddi roi'r bocsys grawnfwyd yn ôl yn y cwpwrdd ac estyn am gadach i sychu'r bwrdd.

Chwarddodd Deio'n dawel bach ar y syniad o gael bys yn sownd yn un o'i ffroenau. Pa mor ddigri fyddai hynny'n edrych?! Byddai'n esgus gwych dros beidio gorfod gwneud gwaith ysgol. 'Mae'n wir ddrwg gen i, Mr Cadwaladr, ond fedrwn i ddim gwneud y gwaith cartref gan fod bys yr uwd fy llaw dde'n sownd i fyny 'nhrwyn i, a fedra i ddim ysgrifennu gyda fy llaw

7

chwith.' Byddai'n esgus . . . neu'n rheswm yn hytrach . . . i beidio gorfod helpu gydag unrhyw waith tŷ diflas, fel llwytho neu wacáu'r peiriant golchi llestri, a siawns na fyddai neb yn ei orfodi i fod yn rhan o gyngerdd yr ysgol nac i ddweud adnod yn yr ysgol Sul ac yntau â bys i fyny'i drwyn yn barhaol.

'O, a Deio,' meddai ei fam, gan ddeffro Deio o'i freuddwyd, 'mae'n rhaid i ti gymryd gwell gofal o dy bethau, yn enwedig pethau mor bwysig â dy lyfr gwaith cartref!'

Ar hynny, glaniodd y llyfr crebachlyd yn galed ar y bwrdd o dan drwyn Deio. Roedd golwg arno fo fel petai wedi bod yn wely i genfaint o foch, a'r tudalennau'n cyrlio yn y corneli. Prin fod modd darllen yr ysgrifen traed brain o dan y staeniau siocled a jam a'r olion bysedd budron.

8

'Dw i'n gobeithio'n wir bod y gwaith y tu mewn yn edrych dipyn gwell na'r llyfr ei hun,' dywedodd Mam, ond roedd hi'n amau hynny'n gryf.

'Ydy, siŵr iawn ei fod o,' atebodd Deio. 'Dw i bob amser yn cymryd balchder mawr yn fy ngwaith.'

A chododd y llwyaid olaf o'r grawnfwyd â'i law dde, wrth groesi dau fys ar ei law chwith yn slei o dan y bwrdd.

2

Ugain munud yn ddiweddarach, roedd Deio a Lisa'n gwisgo'u cotiau, a'u bagiau ysgol ar eu cefnau, ac yn camu allan drwy'r drws i'r awyr iach. Roedd Mam yn dal wrthi'n gweiddi gorchmynion wrth i Lisa chwifio'i llaw a chwythu cusanau ati. Wrth i Deio gerdded yn gyflym yn ei flaen dyma hi'n gweiddi, 'Deio! Cofia afael yn llaw Lisa wrth groesi'r ffordd o flaen yr ysgol.'

'Iawn, Mam,' atebodd Deio, gan rolio'i lygaid.

'A chofia, paid â stopio yn y siop ar y ffordd adref o'r ysgol!'

'Iawn, Mam,' meddai Deio eto, heb wrando ar yr un gair.

'A Deio,' gwaeddodd Mam ei gorchymyn olaf, 'plîs, cadwa allan o drwbl yn yr ysgol heddiw.' Ddaeth dim ateb. 'Deio, wyt ti'n gwrando arna i? . . . Deio!'

Trodd Deio ar ei sawdl i wynebu'i fam, heb edrych i fyw ei llygaid.

'Ydw, Mam. Iawn, Mam. Reit, ga i fynd rŵan, plîs? Neu mi fydda i'n hwyr i'r ysgol, ac yn cael ffrae. Eto.'

'Bydda'n fachgen da, dyna'r cyfan dw i'n ei ofyn,' meddai Mam, gan frathu'i gwefus isaf.

Gwyliodd ei phlant yn cerdded ling-di-long i lawr y stryd, cyn dychwelyd i'r tŷ, cau'r drws a phwyso yn ei erbyn gan ollwng ochenaid drom.

Doedd yr ysgol ddim yn bell o'r tŷ. Pum munud o waith cerdded i lawr i waelod y stryd, ac yna croesi'r ffordd a dyna ni – roedden nhw wrth giatiau'r ysgol. Roedd Anti Lil Loli yno, fel arfer, yn ei chôt lachar i helpu'r plant i groesi'r ffordd yn ddiogel. Er hyn, roedd mam Deio'n mynnu ei fod yn gafael yn llaw ei chwaer fach wrth groesi bob dydd. Fedrai o ddim deall pam fod angen iddo ddal i wneud y fath beth, a hithau'n saith oed erbyn hyn. Wedi'r cwbl, gwaith Anti Lil Loli oedd helpu plant bach i groesi'r ffordd, ac nid ei gyfrifoldeb o. Roedd hi'n cael ei thalu am wneud y gwaith, felly pam y dylai o wneud hynny am ddim?

'Bore da, Deio bach,' meddai Anti Lil yn llawen wrtho. Roedd yn gas gan Deio gael ei alw'n Deio bach. Roedd o'n ddeg oed. Doedd o ddim yn fach rhagor. 'A dyma hi, Lisa Lân – sut wyt ti'r bore 'ma, 'mechan i?'

'Iawn diolch, Anti Lil,' atebodd Lisa'n gwrtais, gan geisio gwthio'i llaw fechan i law ei brawd. Gwthio'i llaw i ffwrdd wnaeth Deio.

'Ond Deio, mae Mam yn dweud bod yn rhaid i ti ddal fy llaw i wrth groesi'r ffordd,' cwynodd Lisa.

'Rwyt ti'n ddigon hen i groesi'r ffordd ar dy ben dy hun erbyn hyn,' atebodd Deio'n swta.

'Ond mae Mam wedi dweud . . .'

'Gwranda, Lisa, does dim ots gen i beth mae Mam yn ei ddweud. Doedd neb yn gafael yn fy llaw i wrth groesi'r ffordd pan o'n i dy oed di, a ddylet tithau ddim bod angen rhywun i wneud chwaith.'

'Barod i groesi, chi'ch dau?' holodd Anti Lil, a oedd erbyn hyn wedi cerdded i ganol y ffordd ac wedi codi'r lolipop mawr fel arwydd i'r ceir arafu i stop. 'Gafael yn llaw dy chwaer fach 'ta, dyna hogyn da,' meddai Anti Lil.

Estynnodd Deio ei law yn anfodlon a chydiodd Lisa ynddi'n dynn. Gwenodd ar ei brawd mawr

gan dynnu'i thafod arno'n slei. Gwasgodd Deio law Lisa'n dynn nes ei bod yn gwingo.

'Awww, Deio, ddim yn rhy dynn.'

'Gofalus chi'ch dau,' rhybuddiodd Anti Lil. 'Ddylech chi ddim chwarae'n wirion wrth groesi'r ffordd.'

Llaciodd Deio ryw fymryn ar ei afael, a rhygnu'i ddannedd wrth ddioddef croesi'r ffordd law yn llaw gyda'i chwaer fach. Fel petai hynny ddim yn ddigon drwg, roedd ei ffrindiau gorau, Dwyfor ac Osian, eisoes wedi cyrraedd yr ysgol ac yn ei wylio drwy'r ffenestr, gan dynnu stumiau gwirion a gwneud hwyl am ei ben. Roedd Lisa wedi dechrau sgipio'n fodlon wrth groesi, ac roedd y ffaith ei bod wedi

13

cael ei ffordd ei hun eto fyth yn cythruddo Deio.

'Gyda llaw,' sibrydodd yn dawel wrth ei chwaer wrth i'r ddau gyrraedd ochr arall y ffordd, 'wyt ti'n cofio fi'n pigo 'nhrwyn bore 'ma?'

'Ydw,' meddai Lisa'n amheus.

'Mae'r baw trwyn yn dal ar fy mys i!'

Gollyngodd Lisa ei gafael yn ei law ar ei hunion.

'Neu mi roedd o,' meddai Deio gan astudio'i fys, 'ond mae o wedi diflannu i rywle. Mae o'n sownd ynot ti erbyn hyn, mae'n rhaid!'

'Yyyyyyyyychaafi!' llefodd Lisa, gan redeg i ffwrdd oddi wrtho, heibio Miss Gwyn oedd yn cyfarch y plant wrth y drws, ac yn syth i gyfeiriad toiledau'r merched i olchi'i dwylo, neu i daflu i fyny – wyddai Deio ddim pa un yn union.

3

'Rrrrrrrrrrrrrreit 'ta, blantos,' bloeddiodd Deio, mewn llais undonog wrth sefyll o flaen gweddill y dosbarth a dynwared eu hathro. Roedd o'n gafael mewn pren mesur ac yn ei daro'n ysgafn yn erbyn y ddesg, fel y byddai Mr Cadwaladr yn ei wneud i hoelio sylw ei ddisgyblion.

'Heddiw, rrrrrrrrrrrrrrrrrydyn ni am ddysgu am rrrrrrrrrrrywbeth . . . diflas iawn, iawn, iawn, fel pob gwers arall.'

Chwarddodd gweddill y dosbarth yn uchel, gan ei annog ymlaen.

'Distawrwydd! Fi sy'n siarad, a chi sy'n gwrando.'

Daeth bonllef arall o chwerthin gan ei gyd-ddisgyblion wrth glywed yr ymadrodd cyfarwydd hwn.

'Fi sy'n siarad, gan mai fi sy'n bwysig.'

Wrth i Deio fynd i hwyliau wrth ddynwared ei athro, tawelodd gweddill y dosbarth o un i un wrth sylwi ar Mr Cadwaladr yn sefyll yn gefnsyth wrth y drws y tu ôl i Deio, a'i freichiau wedi'u plethu. Roedd pawb wedi sylwi ei fod yno – pawb, hynny yw, ond Deio.

'Dw i eisiau sylw pob un wan jac ohonoch chi. Fi, fi, fi. Ydych chi'n deall hynny?' Tawelwch llethol. 'Ac os oes unrhyw un yn anghytuno, mi gewch chi gyfnod cosb amser cinio!'

Edrychai ei ffrindiau'n benisel, a phawb yn dawedog iawn.

'Gan dy fod ti wedi gwirfoddoli, Deio,' taranodd llais Mr Cadwaladr, 'mi fydda i'n edrych ymlaen at gael dy gwmni di yma yn ystod cyfnod cosb amser cinio heddiw!'

'Aha, Mr Cadwaladr, dyma chi,' byrlymodd Deio. 'Ro'n i'n . . . ro'n i'n . . .'

'Roeddet ti'n beth?'

'Ro'n i wrthi'n . . . tawelu pawb yn barod ar eich cyfer chi . . . i ni gael dechrau'n syth ar y wers . . . gan fy mod i'n edrych ymlaen yn arw at gael dysgu am . . . rywbeth . . . diddorol.' Roedd Deio'n gwneud ei orau glas i gael ei hun allan o'r twll mawr roedd o wedi'i balu iddo'i hun.

'Mae'n ddrwg gen i dy siomi di, Deio, ond fyddwn ni ddim yn gallu dechrau ar y wers ddiddorol yn syth.'

'O,' llyncodd Deio'i boer yn galed. 'Pam felly?'

'Gan y bydd angen llenwi'r gofrestr yn gyntaf, fel pob bore arall,' atebodd Mr Cadwaladr yn awdurdodol.

Daeth ton o ryddhad dros Deio. Tybiai am eiliad ei fod o mewn trwbl mawr.

'Ac yna,' ychwanegodd Mr Cadwaladr, 'byddaf yn casglu eich gwaith cartref.'

Gwingodd Deio yn ei gadair. Yn sydyn, teimlai fotwm uchaf ei grys yn dynn iawn am ei wddf. Ond roedd gan Mr Cadwaladr ragor i'w ddweud.

'Ac yna, mi fydda i angen siarad efo'r dosbarth am ddigwyddiad difrifol a ddaeth i'm sylw i ar ôl i chi fynd adref o'r ysgol brynhawn dydd Gwener diwethaf. Wedyn, mi fyddwn ni'n barod i fwrw 'mlaen â'r wers ddiddorol. Iawn, Deio?' Edrychodd dros ei sbectol a orweddai'n gam ar ei drwyn main, a'i sylw wedi'i hoelio ar Deio.

'Iawn, Mr Cadwaladr, syr,' mwmiodd Deio, gan edrych ar ei fysedd, syllu tua'r nenfwd a thrwy'r ffenestr – unrhyw le ond i fyw llygaid Mr Cadwaladr. 'Dw i'n edrych ymlaen!'

'Rrrrrreit 'ta, y gofrestr,' cyhoeddodd y prifathro, cyn dechrau adrodd y rhestr undonog a hirfaith o enwau disgyblion y dosbarth, fel y gwnâi bob bore.

Crwydrodd meddwl Deio'n syth at brynhawn dydd Gwener diwethaf, pan oedd ei ffrindiau ac yntau ar dân eisiau clywed cloch diwedd y dydd yn canu, er mwyn iddyn nhw gael dechrau mwynhau eu penwythnos. Roedd bysedd y cloc yn symud yn araf iawn, a phob munud yn teimlo fel awr wrth iddyn nhw ddysgu am hanes y Tuduriaid gan Mr Cadwaladr – yr unig un oedd, yn ôl pob golwg, yn mwynhau'r wers! Tybiai Deio mai'r rheswm am hynny oedd am ei fod yn siarad o brofiad gan ei fod, fwy na thebyg, wedi byw trwy'r cyfnod ac yntau mor hen!

Roedd Modryb Elin, ysgrifenyddes yr ysgol, wedi curo ar y drws i ddweud wrth y prifathro fod yna alwad ffôn bwysig iddo. Cytunodd Mr Cadwaladr i gymryd yr alwad, ond nid cyn gosod tasg dawel i'r disgyblion fwrw ymlaen â hi. Dyna pryd gafodd Deio y syniad – a phawb arall yn cytuno ei fod yn syniad penigamp.

'Daw chwarter wedi tri yn gynt o lawer petai'r cloc acw'n cael mymryn o help llaw!' awgrymodd Deio â gwên fach slei ar ei wyneb.

'Be ti'n feddwl?' holodd Dwyfor.

'Edrychwch ar hyn,' meddai Deio, gan ddringo i ben desg Mr Cadwaladr ac ymestyn am y cloc ar y wal. Trodd olwyn fechan ar gefn y cloc, fel bod y bys mawr yn symud deng munud yn ei flaen. Curodd y plant eraill eu dwylo wrth i Deio osod y cloc yn ôl yn ei le'n ofalus, a siarsio pawb i gadw'n dawel rhag ofn i rywun ddod i mewn. Fe weithiodd y tric i'r dim, a chafodd y disgyblion adael y dosbarth ddeng munud yn gynnar, gan fod Mr Cadwaladr yn meddwl bod cloch yr ysgol wedi torri. Ai hwn oedd y 'mater difrifol' oedd Mr Cadwaladr yn sôn amdano? meddyliodd Deio.

'DEIO WILLIAMS!'

Deffrodd Deio'n sydyn o'i synfyfyrio.

'Hmmm?' meddai wedi drysu'n lân.

'Dyma'r pedwerydd tro i mi alw dy enw di.'

'O.'

'"Yma", dyna'r cyfan sydd angen i ti ei ddweud. Ydy hynny'n gofyn gormod, Deio? Mae pawb arall i weld yn gallu gwneud hynny, ond nid ti am ryw reswm. Mae gen ti ddigonedd i'w ddweud fel arfer, ond pan mae angen i ti ddweud rhywbeth mor syml ag "yma" ar yr amser cywir, dwyt ti ddim yn gallu gwneud hynny,' pregethodd Mr Cadwaladr. 'Mae'n rhaid i ti ganolbwyntio a gwrando, Deio Williams. Dydy hyn ddim yn ddigon da. Beth sydd gen ti i'w ddweud?'

'Yma,' atebodd Deio'n swta, gan obeithio y

byddai hynny'n ddigon i dawelu'r athro, gan mai dyna roedd o mor awyddus i'w glywed yn y lle cyntaf. Ond roedd Deio'n gwbl anghywir. Roedd ei 'yma' hwyr wedi gwylltio Mr Cadwaladr yn fwy fyth.

Cododd ar ei draed a'i wyneb yn goch fel tomato gan fytheirio: 'Dos i'r Gornel Gallio, Deio Williams, y funud hon!'

Anaml iawn fyddai'r Gornel Gallio'n cael ei defnyddio yn yr ysgol, ond am ryw reswm roedd Deio'n ymwelydd cyson â'r rhan yma o'r dosbarth. Er gwaetha'r ffaith bod enw'r gornel yn ddigon i godi ofn ar rywun, roedd hi'n gornel fach ddigon clyd, gyda sach eistedd fawr liwgar ar y carped coch. Gallai'r disgyblion euog eistedd yn gysurus yno, gan syllu ar y ddwy wal a'r rheiny wedi'u haddurno â phosteri lliwgar yn llawn rheolau, fel:

- Rhaid parchu'r athrawon, fy nghyd-ddisgyblion a mi fy hun.
- Rhaid i mi wneud fy ngorau yn yr ysgol er mwyn llwyddo.
- Rydym yn cadw geiriau cas i ni ein hunain yn y dosbarth hwn.
- Mae gan bawb hawl i'w addysg.

Erbyn hyn roedd Deio wedi suddo i'r sach eistedd ac yn syllu'n gegagored ar y rheolau niferus am y canfed tro y tymor hwn. Rhyfedd hefyd, meddyliodd. Does dim sôn am reol yn dweud, 'Rhaid i mi gofio dweud "yma" weithiau, a pheidio â'i ddweud dro arall.'

4

Bu Deio yn y Gornel Gallio trwy'r bore. Chafodd o ddim ymuno yn y gwaith grwpiau rhif, na bod yn aelod o dîm yn y Cwis Cyfrifo Cyflym. I goroni'r cyfan, chafodd o ddim mynd allan at ei ffrindiau amser chwarae, chwaith. Roedd Mr Cadwaladr wedi'i gadw i mewn i gael 'sgwrs fach'. Sgwrs, wir, meddyliodd Deio; debycach i bregeth, siŵr o fod.

'Rrrrrrreit 'ta, Deio. Tyrd i eistedd yn fan hyn,' meddai Mr Cadwaladr a churo'i law yn ysgafn ar gadair o flaen ei ddesg flêr. Aeth Deio ato'n anfoddog, gan lusgo'i draed a'i ddwylo yn ei boced.

'Rrrrrwyt ti wedi cael digon o amser i feddwl am dy ymddygiad yn y Gornel Gallio bore 'ma. Beth sydd gen ti i'w ddweud?'

Roedd Mr Cadwaladr yn syllu ar Deio dros ei sbectol, ac yn disgwyl ateb.

Codi'i ysgwyddau wnaeth Deio.

'Dwyt ti ddim wedi cwblhau dy waith cartref, ac mae golwg ofnadwy ar dy lyfr di. Pam hynny?'

Cwestiwn arall gan Mr Cadwaladr. Cwestiwn arall na fedrai Deio mo'i ateb.

'Mae'n siŵr gen i hefyd dy fod ti'n gwybod rhywbeth am ddirgelwch mawr y cloc bnawn dydd Gwener diwethaf. Ydy hynny'n wir?' Roedd Mr Cadwaladr yn amlwg yn hoff o holi cwestiynau, gan iddo ofyn un arall eto. 'Fedri di egluro i mi sut lwyddodd y cloc i neidio deng munud cyfan yn ei flaen?'

'Hwyrach fod . . .' Rhoddodd Deio gynnig ar ateb y cwestiwn diweddaraf. 'Hwyrach fod y cloc hefyd yn edrych ymlaen at y penwythnos,' meddai gan gnoi'i wefus isaf.

'Gweld y peth yn ddoniol, wyt ti?' Cwestiwn arall, eto fyth! 'Wel, dydw i ddim yn gweld y peth yn ddoniol o gwbl, i ti gael dallt. Ddim o gwbl. Mae'n hen bryd i ti ddysgu gwers, Deio Williams, a dechrau gwneud fel mae pobl yn ei ddweud wrthyt ti.' Roedd Mr Cadwaladr yn rhyfeddol o bwyllog wrth siarad. 'Rrrrrŵan, 'ta, rydw i am i ti edrych i fyw fy llygaid i.'

Trodd Deio tuag at ei athro, ond fedrai o ddim edrych i fyw ei lygaid. Syllodd yn hytrach ar ei ben moel.

'I fyw fy llygaid, Deio Williams,' meddai Mr Cadwaladr eto.

Caeodd Deio'i lygaid am eiliad er mwyn ceisio perswadio'i hun i edrych ym myw llygaid y prifathro. Pan agorodd ei lygaid ac edrych o'r diwedd i fyw llygaid ei athro, gwnaeth Mr Cadwaladr rywbeth rhyfedd iawn. Gwthiodd y sbectol drwchus oedd ar flaen ei drwyn main yn ei hôl reit at ei lygaid. Doedd Deio erioed wedi gweld Mr Cadwaladr yn edrych drwy ei sbectol o'r blaen – edrych drosti fyddai o bob amser. Wrth weld ei lygaid drwy'r gwydr trwchus llychlyd, teimlai Deio ei sylw yntau'n cael ei hoelio arnynt. Dechreuodd Mr Cadwaladr siarad yn araf a chlir.

'O hyn ymlaen, Deio Williams, mi fyddi di'n gwneud fel rydw i'n ei ddweud.'

Roedd ei lygaid yn fawr, a'r ddwy gannwyll dywyll fel petaen nhw ar dân. Doedd Deio erioed wedi gweld y ffasiwn beth o'r blaen. Ac fel petai hynny ddim yn ddigon rhyfedd, agorodd ei geg yntau, a dechreuodd siarad!

'O hyn ymlaen, Mr Cadwaladr, mi fydda i'n gwneud fel rydych chi'n ei ddweud.'

Doedd gan Deio ddim rheolaeth o gwbl dros ei eiriau, na'i lygaid chwaith. Fedrai o ddim tynnu'i lygaid oddi ar rai Mr Cadwaladr, a oedd erbyn hyn yn troi'n goch.

'Mi fyddi di, Deio, yn ufudd i eiriau pawb.'

'Mi fydda i, Deio, yn ufudd i eiriau pawb,' ailadroddodd Deio'r geiriau.

'Ac os bydd unrhyw un yn gofyn i ti wneud rhywbeth, mi fyddi di'n ei wneud, heb lol.'

'Ac os bydd unrhyw un yn gofyn i mi wneud rhywbeth, mi fydda i'n ei wneud, heb lol.'

Roedd Deio wedi mynd i deimlo'n gysglyd iawn, ac erbyn hyn yn cael trafferth cadw'i lygaid yn agored.

Deffrodd Deio'n sydyn wrth i gloch yr ysgol ganu i adael i bawb wybod bod amser chwarae ar ben. Roedd Mr Cadwaladr wrthi'n gwneud pentyrrau taclus o'r holl bapurau blêr ar ei ddesg; roedd ei gefn tuag at Deio, a'i sbectol yn gorffwys yn ei lle arferol, sef ar flaen ei drwyn.

Edrychodd Deio o'i gwmpas wedi drysu'n lân. Beth yn y byd sydd newydd ddigwydd? meddyliodd. Ydw i wedi bod yn cysgu? Fedra i ddim cofio dim byd. O na, ydw i wedi cysgu wrth i Mr Cadwaladr bregethu? Mi fydda i mewn trwbl mawr rŵan, siŵr.

'Dos i eistedd wrth dy ddesg, Deio,' meddai Mr Cadwaladr, heb godi'i ben.

Dyna ryfedd, meddyliodd Deio. Tydy o ddim yn flin efo fi! Grêt! A cherddodd yn dawel i eistedd wrth ei ddesg.

Pan ddaeth ei ffrindiau'n ôl i'r dosbarth, roedd pawb yn awyddus iawn i glywed am y ffrae roedd Deio wedi'i chael gan y prifathro.

'Gest ti ffrae?' sibrydodd Osian, wrth eistedd yn ei ymyl.

'Do, siŵr iawn,' atebodd Deio, a thôn ei lais yn hanner awgrymu ei fod o'n falch ohono'i hun am hynny.

'Be ddywedodd o?' Tro Dwyfor oedd hi i holi.

'Does gen i ddim syniad,' atebodd. 'Mi syrthiais i gysgu!' ymffrostiodd Deio.

'Wnest ti ddim, go iawn?' Roedd Dwyfor yn ei chael hi'n anodd iawn ei gredu.

'Do, wir?' meddai Osian.

'Do. Wir!' atebodd Deio. 'Roedd ei lais diflas a'i bregeth ddiflas o'n ddigon i . . .'

'Dyna ddigon, Deio!' Torrodd y prifathro ar ei draws. 'Dw i am i ti wrando rŵan.'

'Iawn, Mr Cadwaladr,' atebodd Deio'n gwrtais, a rhoi ei holl sylw i'r athro o'i flaen.

Edrychodd Dwyfor ac Osian ar ei gilydd mewn anghrediniaeth. Dim ond unwaith roedd Mr Cadwaladr wedi gorfod gofyn i Deio am fod yn ddistaw, ac roedd o wedi ufuddhau! Doedd hynny ddim yn digwydd yn aml!

'Dweud celwydd mae o, 'sti,' sibrydodd Dwyfor wrth Osian. 'Mae o wedi cael coblyn o ffrae. Gei di weld.'

5

Aeth gweddill y bore heibio'n eithaf cyflym, heb droi'r cloc yn ei flaen hyd yn oed. Roedd Deio wedi gweithio'n galed, ac wedi gwneud mwy o waith yn ystod y gwersi rhwng amser chwarae ac amser cinio nag a wnâi mewn diwrnod cyfan fel arfer, os nad mewn wythnos. Roedd o wedi ysgrifennu stori pan osododd Mr Cadwaladr y dasg, ac wedi cytuno i ddarllen ei waith i weddill y dosbarth, ar gais yr athro.

Ar ôl i Modryb Eurwen, cogyddes yr ysgol, ddweud wrtho amser cinio, 'Cofia di fwyta dy ginio i gyd,' roedd o wedi gwneud hynny heb drafferth. Roedd Deio ei hun wedi'i synnu, yn ogystal â'i ffrindiau, gan mai cinio dydd Sul oedd ar y fwydlen. Roedd ei blât yn llawn o lysiau diflas roedd Deio'n eu casáu, fel moron, ych; blodfresych, ych; brocoli, ych a pych; a bresych, dwbl ych a pych. Er hyn roedd o wedi bwyta pob tamaid.

'Be sy'n bod arnat ti? Ro'n i'n meddwl dy fod ti wedi dweud bod gen ti alergedd i fwyd iach?' holodd Dwyfor ei ffrind wrth ei wylio'n crafu'i blât yn lân.

'Mae gen i alergedd,' atebodd Deio, rhwng dau grafiad. 'Dw i'n eu casáu nhw.'

'Ond rwyt ti wedi'u bwyta nhw i gyd!' meddai Osian yn gegagored.

'Dw i'n gwybod,' meddai Deio, wedi'i synnu gymaint â'i ffrindiau. 'Ro'n i'n methu stopio bwyta. Mae'n rhaid 'mod i'n fwy llwglyd nag ro'n i'n ei feddwl.'

Sychodd ei geg â'i lawes, cyn torri gwynt mor uchel nes i'r ffreutur dawelu'n llwyr.

'BYYYYYYYRP!'

'Wps,' sibrydodd Deio, 'do'n i ddim wedi disgwyl i'r gwynt ddod allan cweit mor swnllyd!'

Piffian chwerthin wnaeth ei ffrindiau.

Taranodd llais Mr Cadwaladr ar draws y ffreutur tawel, 'Dydy plant yr ysgol hon ddim yn ymddwyn yn fochynnaidd wrth y bwrdd bwyd.'

'Peidiwch â dweud mai fi wnaeth,' sibrydodd Deio'n dawel wrth ei ffrindiau. 'Fedr neb brofi'r peth.'

'Deio Williams,' bloeddiodd y prifathro.

'Ia, Mr Cadwaladr?' atebodd Deio'n ddigon annwyl.

'Dw i eisiau i ti ddweud wrtha i pwy yn union wnaeth beth mor ffiaidd â thorri gwynt fel'na.'

'Fi wnaeth, Mr Cadwaladr,' meddai Deio, heb feddwl dwywaith. A'r eiliad nesaf, roedd o'n cicio'i hun am gyfaddef.

'Y peth bonheddig i'w wneud, felly, fyddai ymddiheuro i bawb arall yn y ffreutur,' oedd cyngor y prifathro. 'Hoffwn i ti wneud hynny, Deio.'

Safodd Deio ar ei draed ar ei union, a chyhoeddi ar dop ei lais, 'Esgusodwch fi, bawb. Mae'n wir ddrwg gen i.'

'Diolch yn fawr am dy ymddiheuriad,' meddai Mr Cadwaladr, cyn troi'i sylw'n ôl at ei ginio.

'Be ddigwyddodd i "neb yn gallu profi'r peth"?' holodd Dwyfor.

'Does gen i ddim syniad,' meddai Deio. 'Efallai ei bod hi'n haws dweud y gwir weithiau.'

Doedd o ddim am gyfaddef hyn – ddim hyd yn oed wrth ei ffrindiau gorau – ond doedd o ddim wedi bwriadu cyfaddef. Roedd o am wadu'r holl beth ond, am ryw reswm, roedd y cyfaddefiad wedi mynnu dod allan o'i geg. Roedd rhywbeth rhyfedd yn digwydd iddo . . .

'Mi gefaist ti ffrae go iawn gan Mr Cadwaladr amser chwarae, mae'n rhaid,' chwarddodd Osian. 'Mae gen ti ei ofn o drwy dy din rŵan, yn does?'

'Nac oes, tad,' mynnodd Deio.

'Rwyt ti wedi cael coblyn o ffrae, a rŵan rwyt ti'n ofni cael ffrae arall ac yn bod yn hogyn da i Mr Cadwaladr.'

'Na, wir rŵan . . .' protestiodd Deio, ond doedd dim iws.

'Pa reswm arall sydd gen ti dros ymddwyn mor . . . wahanol ers amser chwarae, felly?' holodd Dwyfor.

'Ia,' cytunodd Osian, 'roeddet ti'n brysur wrth dy waith drwy'r bore, a dydy hynny ddim fel ti o gwbl.'

'Dw i ddim yn gwybod pam, nac ydw,' meddai Deio. Roedd yntau hefyd yn methu deall y rheswm.

'Mi wn i,' meddai Osian. 'Am fod gen ti ofn Mr Cadwaladr.'

'Does gen i ddim ofn Mr Cadwaladr,' chwarddodd Deio.

'Oes, tad,' heriodd Osian.

'Nac oes.'

'Dyweda hynny wrtho fo 'ta . . . neu'n well fyth, dyweda hynny wrth bawb yn y ffreutur 'ma. Saf ar dy gadair a dweud wrth bawb: "Does gen i ddim ofn Mr Cadwaladr".'

Chwarddodd Osian a Dwyfor ar syniad mor hurt. Ond doedd Deio ddim yn chwerthin.

Gwyddai Deio na fyddai hynny'n syniad da, ond fedrai o ddim stopio'i hun. Rhythodd Osian a Dwyfor arno'n syn wrth iddo gamu ar ei gadair, a thynnu anadl ddofn yn barod i wneud ei gyhoeddiad. Llyncodd Osian ei boer. Roedd o ar fin dweud wrth Deio mai dim ond jôc oedd y cyfan, ond roedd o'n rhy hwyr.

'DOES GEN I DDIM OFN MR CADWALADR!' bloeddiodd Deio ar draws yr ystafell, a gwridodd wrth weld llygaid pawb yn syllu arno.

Roedd ambell un wedi codi'u dwylo at eu cegau, a rhai eraill yn edrych ar ei gilydd mewn anghrediniaeth. Gallai glywed un athrawes yn tagu ar ei moron wrth fwrdd bwyd y staff yng nghornel bellaf y ffreutur.

O diar, meddyliodd Deio, a llyncu'i boer yn
galed. Ddylwn i ddim fod wedi gwneud hynna.
Roedd yr ystafell yn anghyfforddus o ddistaw,
a'r munud o dawelwch yn teimlo'n hir iawn.
Camodd yn ofalus oddi ar ei gadair ac eistedd
â'i ddwy benelin ar y bwrdd a'i ddwy law dros
ei glustiau, gan wybod yn iawn bod ffrae fawr
ar y ffordd.

Er mawr syndod i bawb, chododd Mr Cadwaladr ddim oddi wrth y bwrdd. Miss Parri, y dirprwy, ddaeth draw at Deio.

'Beth yn y byd oedd hynna? Pwy ar wyneb y ddaear wyt ti'n feddwl wyt ti?' gofynnodd yn bigog.

Ni fedrai Deio ateb, gan wybod ei fod wedi mynd yn rhy bell o lawer y tro hwn.

'Ateba fi. Pwy wyt ti'n feddwl wyt ti?' mynnodd Miss Parri.

'Deio Williams o Rif 10, Stryd y Berllan, Llanlliwen ydw i, Miss Parri.' Llifodd y geiriau o'i geg.

Fedrai Miss Parri ddim credu'i chlustiau. Doedd hi erioed wedi dod ar draws bachgen mor ddigywilydd yn ei holl flynyddoedd fel athrawes.

'Paid ag ateb yn ôl!' cyfarthodd. 'Pam gwneud rhywbeth mor wirion a digywilydd? Hmm?' holodd.

Roedd Deio eisiau ymddiheuro, ac esbonio nad oedd ganddo reolaeth drosto'i hun am ryw reswm, ond fedrai o ddim. Agorodd ei geg i geisio siarad, ond doedd ganddo ddim llais i'w hateb.

'Wel?' ychwanegodd Miss Parri.

Ond doedd hyn ddim am weithio, gan nad oedd hi wedi dweud wrth Deio am wneud unrhyw beth, dim ond dweud wrtho am beidio ag ateb yn ôl. Ac felly, er trio'i orau glas, fedrai Deio mo'i hateb.

'Ateba fi, Deio. Pam dangos dy hun a gweiddi rhywbeth mor wirion?'

Ar hynny, daeth llais Deio yn ei ôl. 'Osian ddywedodd wrtha i am wneud, Miss Parri,' meddai Deio'n grynedig. Roedd o wedi dychryn erbyn hyn gan nad oedd ganddo unrhyw reolaeth dros yr hyn a ddywedai.

'Felly, gan fod Osian wedi dweud wrthyt ti am wneud rhywbeth, fe wnest ti hynny. Beth petawn i neu Osian yn dweud wrthot ti am roi dy fys yn y tân? Fyddet ti'n gwneud hynny?'

Ddywedodd Deio 'run gair. Roedd o'n poeni gormod oherwydd bod ei draed yn ei gario i gyfeiriad y gegin, yn erbyn ei ewyllys. Roedd bys ei law dde wedi'i godi i'r awyr o'i flaen, yn arwain y ffordd.

'Dydy hyn ddim yn ddoniol, Deio,' meddai Miss Parri, wedi colli'i thymer yn lân erbyn hyn.

Ond doedd Deio ddim yn gweld y peth yn ddoniol chwaith. Pam na fedrai neb weld bod rhywbeth mawr yn digwydd iddo?

'Deio, tyrd efo fi.'

Doedd Deio erioed wedi bod mor falch o glywed Mr Cadwaladr yn ei alw ato. Llwyddodd i stwffio'i ddwylo'n ôl yn ei boced wrth gerdded tuag at Mr Cadwaladr.

'Diolch, Miss Parri,' meddai'r prifathro. 'Mi wna i ddelio â hyn.'

Ac i ffwrdd â Deio i dreulio gweddill ei amser cinio yn eistedd yn ddistaw yn yr ystafell ddosbarth yn darllen llyfr. Er nad oedd ganddo'r awydd lleiaf i ddarllen, fedrai o wneud dim byd arall. Wrth ddarllen gair ar ôl gair, y cyfan oedd ar ei feddwl oedd, 'Beth yn y byd sy'n digwydd i mi?'

6

Er mawr syndod i Deio, Dwyfor ac Osian, chafodd Deio ddim cerydd arall gan Mr Cadwaladr yn dilyn y sioe fawr yn y ffreutur. Roedd hynny wedi gwneud i Deio deimlo'n fwy euog rhywsut, ac yntau wedi bod mor hy gyda'r prifathro wrth ddweud y fath beth. Pan ddaeth chwarter wedi tri, roedd Deio'n falch bod y diwrnod rhyfedd hwn yn yr ysgol wedi dod i ben. Roedd y plant wedi codi'r cadeiriau ar ben y byrddau, ac wedi adrodd y weddi arferol, a phawb bellach yn rhydd i fynd adref.

'Wyt ti am ddweud wrthon ni am y ffrae fawr 'ma gefaist ti gan Mr Cadwaladr amser chwarae, 'ta?' Roedd Osian yn benderfynol o gael gwybod y gwir am y sgwrs a fu rhwng Deio a'r prifathro'n gynharach yn y bore.

'Sawl gwaith sy'n rhaid i mi ddweud? Ddywedodd o ddim byd o bwys. A ph'run bynnag, dw i ddim yn cofio be yn union ddywedodd o, achos mi syrthiais i i gysgu.'

'Ia, ia, deuda di!' Doedd Osian ddim yn credu gair.

'Dw i yn dweud. Dyna'r gwir,' meddai Deio.

'Cer i grafu, Deio!' meddai Osian.

Ar unwaith, teimlodd Deio ysfa fawr i gosi'i drwyn. Bu'n cosi a chrafu nes bod ei drwyn yn goch, yna dechreuodd grafu cefn ei goes, ac wedyn cefn ei wddf, ei fraich dde, ac yna'i ffêr chwith.

'Ha, ha. Doniol iawn,' meddai Osian gan wenu.

'Ia, go dda rŵan,' cytunodd Dwyfor.

'Fedra i ddim helpu fy hun,' meddai Deio, mewn panig. 'Mae pob man yn cosi cymaint.' Crafodd gefn ei ben, ac yna'i geseiliau, a chefn ei wddf unwaith eto. Chwerthin yn uwch wnaeth Osian a Dwyfor.

'Deio!' Clywodd lais ei chwaer fach yn galw arno. Gwelodd hi'n sefyll yn gafael yn llaw Miss Gwyn wrth y drws, a chrafodd ei fol wrth iddi weiddi, 'Be sy'n bod efo ti? Oes gen ti chwain? Dw i'n barod i fynd adre. Tyrd!'

Ac i ffwrdd â Deio tuag ati hi, heb hyd yn oed ddweud, 'Hwyl fawr' wrth ei ffrindiau. Gwyliodd Dwyfor ac Osian wrth iddo fynd, a gwneud hynny heb gwyno, fel roedd o wastad yn arfer ei wneud, am ei bod hi'n codi cywilydd arno. Roedd o wedi stopio crafu erbyn hyn hefyd.

'Un gwirion ydy Deio, yndê?' meddai Dwyfor gan ysgwyd ei ben.

'Welais i erioed neb tebyg,' cytunodd Osian.

Pan gyrhaeddodd Deio a'i chwaer fach y ffordd fawr, roedd Anti Lil Loli yno i'w croesawu.

'Diwrnod da yn yr ysgol heddiw, blantos?' holodd yn siriol.

'Do, gwych diolch, Anti Lil,' atebodd Lisa – yn gyfoglyd o gwrtais, ym marn Deio.

'A tithau, Deio? Gefaist ti ddiwrnod da yn yr ysgol?'

'Hmmm,' mwmiodd Deio, gan gicio carreg fach oedd wrth ei droed. Diwrnod da, wir! Hwn oedd y diwrnod gwaethaf yn ei hanes. Roedd rhywbeth mawr yn digwydd iddo, a doedd neb i weld yn sylwi, oni bai amdano fo.

'Reit, barod i groesi?' Roedd geiriau Anti Lil Loli yn fwy o orchymyn na chwestiwn. O na! meddyliodd Deio. Roedd yn gwybod yn union beth fyddai'n digwydd nesaf. Gwthiodd ei law yn ddwfn i'w boced a chau ei ddwrn yn dynn.

'Gafael yn llaw dy chwaer fach 'ta, Deio, dyna hogyn da.'

Er i Deio ddefnyddio'i holl nerth i geisio cadw'i law yn ei boced, allan y daeth hi, a gwelodd ei law yn ymestyn yn groesawgar i gyfeiriad Lisa. Edrychodd hithau arno'n od.

'Be wyt ti wedi'i wneud?' holodd Lisa'n ddrwgdybus. 'Mae 'na rywbeth arni, mae'n rhaid, oes?' Doedd ganddi ddim ffydd o gwbl yn ei brawd mawr.

'Dim. Ty'd yn dy flaen, reit sydyn,' meddai Deio. 'Gafael yn fy llaw i ni gael croesi.'

Gwyliodd ei chwaer yn tynnu llawes ei chardigan dros ei llaw ei hun i'w gwarchod rhag unrhyw fudreddi. Roedd Anti Lil wedi codi'r lolipop mawr fflat, ac unwaith y glaniodd llaw Lisa yn ei law o, brasgamodd Deio'n gyflym dros y ffordd, nes bod Lisa druan yn gorfod rhedeg i ddal i fyny ag o.

'Paid â rhuthro! Yn ara deg mae dal iâr, cofia, Deio!' rhybuddiodd Anti Lil, gan achosi i Deio stopio yn ei unfan, a cherdded yn wirion o araf am weddill y daith dros y ffordd fawr.

Rholio'i llygaid, ysgwyd ei phen a gollwng ochenaid drom wnaeth Anti Lil Loli. Roedd hi wedi hen arfer â chastiau'r Deio direidus, ond roedd hi bron yn sicr ei fod o'n gwaethygu . . .

Roedd Deio'n dal i gerdded yn boenus o araf ar hyd y palmant am adref, ond o leiaf roedd o wedi cael gollwng gafael yn llaw ei hen chwaer gwynfanllyd. Roedd o'n cerdded mor araf fel ei fod yn weddol sicr y gallai malwen ei guro mewn ras at y tŷ. Er iddo geisio cerdded yn gynt, doedd o ddim yn llwyddo.

Pam? holodd ei hun. Pam ydw i'n gwneud yr

holl bethau gwirion 'ma yn ddiweddar? Pam gwrando ar Osian, a gwneud peth mor hurt amser cinio? Pam ufuddhau i Mr Cadwaladr? Dydw i byth yn darllen fy ngwaith yn uchel i'r dosbarth, felly pam gwneud heddiw? Pam yr ysfa sydyn i grafu? Pam gafael yn llaw Lisa heb brotest? A pham, o pam, 'mod i'n cerdded mor ofnadwy o araf rŵan, ar ôl i Anti Lil ddweud wrtha i am arafu . . ?

Daeth pethau ychydig yn gliriach i Deio. Roedd fel petai o'n gwneud yr union beth roedd pobl yn ei ddweud wrtho am ei wneud. Edrychodd ar ei chwaer fach, oedd yn prysur baldaruo am rywbeth neu'i gilydd, gan gerdded yn araf wrth ei hochr.

'Lisa. Wyt ti eisiau i ni gerdded ychydig yn gynt?' gofynnodd iddi, gan geisio'i hannog i'w siarsio i gyflymu tipyn.

'Nac ydw. Dw i'n mwynhau cerdded yn araf fel hyn efo ti. Mae'n rhoi cyfle i ni siarad, achos dydyn ni byth yn siarad yn iawn efo'n gilydd, nac ydan. Mae hyn yn neis. Dw i'n hoffi bod fel hyn.'

'Lisa. Dyweda wrtha i am gerdded yn gynt,' meddai Deio, ychydig yn fwy diamynedd y tro hwn.

'Na. Taset ti eisiau cerdded yn gynt mi fuaset ti'n gwneud hynny. Dw i'n mwynhau cael sgwrsio efo ti.'

Penderfynodd Deio roi'r ffidl yn y to. Doedd dim modd perswadio'i chwaer i newid ei meddwl, felly doedd ganddo ddim dewis arall ond dioddef cerdded yn ara deg am adref, gyda'i chwaer fach yn mwydro wrth ei ymyl bob cam. Hon fyddai'r siwrnai hiraf adref – erioed!

7

'Ble ar wyneb y ddaear ydych chi'ch dau wedi bod? Ro'n i'n poeni amdanoch chi,' meddai Mam wrth i Deio a Lisa ddod drwy'r drws.

'Mae Deio a finnau wedi bod yn rhoi'r byd yn ei le ar y ffordd adre, yn do, Deio,' meddai Lisa fach yn llawen.

Grwgnach rhywbeth o dan ei wynt wnaeth Deio am y ffaith nad oedd o wedi cyfrannu rhyw lawer at y sgwrs. Roedd o'n ysu am gael rhedeg i fyny'r grisiau, newid o'i hen ddillad ysgol afiach, a chael mynd i chwarae ar ei gyfrifiadur. Ond doedd o ddim yn mynd i unman ar frys, gan nad oedd neb wedi dweud wrtho am wneud dim ers i Anti Lil Loli ddweud wrtho am gerdded yn araf.

Cafodd syniad mwyaf sydyn. Efallai, petai rhywun yn dweud wrtho am wneud neu beidio gwneud rhywbeth arall, hwyrach y byddai'n gallu cerdded yn iawn eto. Cododd ei fys a'i wthio i fyny'i drwyn.

'Deio, sawl gwaith ydw i wedi dweud bod pigo dy drwyn yn beth hyll iawn i ti ei wneud?' dwrdiodd ei fam.

Ond doedd hi ddim wedi dweud wrtho am beidio â gwneud hyn, felly gwthiodd Deio'i fys yn bellach fyth.

Ysgwyd ei phen wnaeth Mam. 'Dw i wedi dweud a dweud, mi fydd dy fys di'n mynd yn sownd yn dy drwyn di rhyw ddiwrnod.' Ac i ffwrdd â hi i gyfeiriad y gegin.

Dechreuodd Deio gerdded ar ei hôl, ac er mawr syndod iddo roedd o'n cerdded yn naturiol unwaith eto. Gwenodd yn fodlon – cyn sylwi bod ei fys yn dal wedi'i wthio i fyny un o'i ffroenau. Roedd rhybudd Mam wedi dod yn wir! Roedd ei fys yn sownd yn ei drwyn!

O wel, meddyliodd, gallai pethau fod yn llawer gwaeth. A rhuthrodd i fyny'r grisiau cyn i'w fam gael cyfle i ddweud wrtho am ei helpu i blicio tatws neu osod y bwrdd. Caeodd ddrws y llofft yn glep â'i law chwith (am fod bys ei law dde'n dal i fyny ei drwyn), a chwarae cerddoriaeth i foddi unrhyw sŵn arall. Meddyliodd am newid o'i ddillad ysgol, ond mi fyddai'n amhosib tynnu'i siwmper ac yntau'n methu tynnu'i fys o'i drwyn. Eisteddodd o flaen y gêm gyfrifiadurol roedd o mor hoff o'i chwarae, ond buan iawn y sylweddolodd fod angen dwy law i ddal y rheolydd. Beth fedrai o ei wneud ag un llaw rydd ac un bys i fyny'i drwyn? pendronodd.

Daeth cnoc ar ddrws ei ystafell, a chyn iddo gael amser i ddweud, 'Pwy sy 'na?' roedd ei fam wedi rhoi'i phen heibio'r drws.

'Deio, fedri di . . .' Ond wnaeth hi ddim gorffen ei brawddeg, cyn dechrau ar y

frawddeg nesaf. 'Dwyt ti ddim yn dal i bigo dy drwyn?!'

'Ydw . . . Nac ydw . . . dw i ddim yn trio, Mam . . . y peth ydy . . . mae o'n sownd.'

'Paid â bod mor wirion – dydy hynny ddim yn bosib, siŵr.'

'Mi ddywedoch chi . . .'

'Siarad gwag ydy peth felly.'

'Ond mae o wedi digwydd . . .'

'Amhosib,' taerodd ei fam.

'Mae o'n hollol sownd, wir rŵan,' meddai Deio.

'Callia wir, a thynna dy fys o dy drwyn y munud hwn,' meddai Mam, ac ar hynny disgynnodd bys Deio o'i drwyn. 'Sownd yn dy drwyn di, wir,' meddai Mam, gan droi ar ei sawdl i fynd yn ôl i lawr y grisiau. 'Mi fuaswn i'n hoffi taset ti'n debycach i dy chwaer, Deio. Mi fasa bywyd yn haws o lawer,' gwaeddodd dros ei hysgwydd, ac i ffwrdd â hi.

Eisteddodd Deio ar ei wely, cyn neidio'n ôl ar ei draed yn syth wrth feddwl am eiriau ei fam, 'Mi fuaswn yn hoffi petait ti'n debycach i dy chwaer.'

'O NA!!' ebychodd mewn braw cyn sgipio i'r ystafell ymolchi a chloi'r drws ar ei ôl.

8

Syllodd Deio ar ei adlewyrchiad yn y drych, a dagrau'n cronni yn ei lygaid. Roedd o'n edrych mor rhyfedd, efo'i wallt hir mewn plethi wedi'u clymu â rhuban pinc. Roedd o'n edrych fel . . . wel, yr un fath yn union â'i chwaer, ac roedd o'n casáu hynny.

Tynnodd ei fawd o'i geg, a dweud mewn llais llawer uwch na'i draw naturiol ei hun, ac mewn tôn digon cwynfanllyd, 'Deio,' gan edrych i fyw ei lygaid ei hun yn y drych, 'bydd yn dalach na neb arall yn dy ddosbarth.' Ond ddigwyddodd dim byd. Doedd rhoi gorchymyn iddo'i hun i wneud rhywbeth ddim yn gweithio. Aeth ei fawd yn ôl i'w geg. Dydw i byth yn sugno 'mawd, meddyliodd, mae o'n beth mor blentynnaidd i'w wneud. Ond fedrai o ddim peidio. Fedrai o ddim stopio'i hun rhag cydio mewn brwsh gwallt oedd ar y sil ffenestr

chwaith a'i gario at y drych, ei ddal wrth ei geg
a dechrau morio canu:

'Dw i'n canu roc a rôl yn y bore,
Dw i'n canu roc a rôl yn y pnawn,
Dw i'n canu roc a rôl yn yr hwyr,
Caaaaaaanwch roc a rôl, bydd popeth yn iawn!'

Y tu mewn, roedd Deio'n llawn cywilydd ac yn
erfyn arno'i hun i roi'r gorau i udo, ond ar
yr wyneb roedd o'n mwynhau pob eiliad, ac

yn diolch i'r dyrfa o boteli siampŵ am eu cymeradwyaeth.

Daeth cnoc ar ddrws yr ystafell ymolchi.

'Deio, be yn y byd wyt ti'n ei wneud?' holodd ei fam o ochr arall y drws.

'Dim,' meddai, wrth deimlo'i hun yn sgipio at y drws. O na! meddyliodd. Fedra i ddim mynd allan yn edrych fel hyn! Roedd ei law yn estyn am y drws i'w agor yn ufudd, fel byddai ei chwaer wedi'i wneud. Wnaeth y drws ddim agor. Roedd o wedi'i gloi. Estynnodd ei law yn anfoddog i droi'r goriad, ac wrth iddo wneud clywodd lais ei fam yn galw arno eto.

'Tyrd i lawr y grisiau i'r gegin, Deio. Mae dy swper di'n barod.'

'Diolch byth,' meddai Deio, dan ei wynt, ac wedi agor y drws teimlodd ei wallt i wneud yn siŵr ei fod yn gwta unwaith eto. Diolch byth, meddyliodd eto'n llawn rhyddhad.

'Oeddet ti'n canu i mewn yn fan'na?' holodd ei fam wrth iddynt gerdded i lawr y grisiau.

'Fi? Yn canu? Ha! Nac o'n i siŵr!' chwarddodd Deio'n ddigon nerfus.

'Mi fuaswn i'n taeru i mi glywed–' mentrodd Mam.

'Ti sy'n clywed pethau,' torrodd Deio ar ei thraws, gan obeithio y byddai hynny'n ei thawelu.

Wrth y bwrdd bwyd, roedd Lisa wrthi'n canu'n aflafar gan ddal llwy o'i blaen fel meicroffon. Roedd clywed ei geiriau, 'Dw i'n canu roc a rôl yn y bore . . .' yn gyrru ias i lawr cefn Deio, ac yn dod ag ôl-fflachiau digon anghyfforddus iddo o'i gyfnod yn yr ystafell ymolchi.

'Cau dy geg, Lisa,' meddai ar ôl gwrando ar y gytgan ailadroddus deirgwaith.

'Cau dithau dy geg,' atebodd hithau'n swta.

Roedd Deio ar fin ei hateb yn ôl, ond fedrai o ddim agor ei geg. Roedd o'n teimlo fel petai rhywun wedi taenu'r glud cryfaf yn y byd ar ei ddwy wefus, a'u dal yn sownd at ei gilydd.

Roedd Lisa i weld yn eithaf bodlon bod Deio wedi gwrando arni, ac aeth yn ei blaen i forio canu eto. Doedd gan Deio ddim dewis ond gwrando, heb fedru dweud dim. Ceisiodd godi'i law i'w thawelu, ond dal i ganu wnaeth Lisa. Rhoddodd ei ddwylo am ei glustiau a chau ei lygaid rhag iddo orfod edrych na gwrando arni. Teimlodd gynhesrwydd ar ei wyneb wrth i stêm o'i swper godi oddi ar y plât roedd Mam newydd ei osod o'i flaen.

Ei hoff bryd o fwyd yn y byd i gyd oedd ar y plât. Pitsa ham a chaws, a phentwr o sglodion. Roedden nhw'n edrych ac yn arogli'n fendigedig. Estynnodd halen a finegr a pharatoi ei sglodion yn berffaith ar gyfer eu bwyta. Gafaelodd mewn tamaid o bitsa a'i godi at ei geg, ond fedrai o mo'i hagor. Gyda'i feddwl yn llawn o bethau yr hoffai eu dweud wrth Lisa, gwyliodd ei chwaer fach yn llowcio'i phryd bwyd hi'n awchus.

'Mmmmm, roedd hwnna'n andros o flasus, diolch, Mam,' meddai Lisa toc, gan osod ei chyllell a'i fforc yn ofalus ar ei phlât.

'Deio, dwyt ti ddim wedi cyffwrdd dy swper di,' meddai Mam.

Ysgwyd ei ben wnaeth Deio.

'Wyt ti'n teimlo'n sâl?'

Ysgydwodd Deio'i ben eto.

Pam na wnaiff Mam ddweud wrtha i am fwyta fy mwyd i gyd? meddyliodd.

'Mae'n rhaid bod rhywbeth mawr yn bod arnat ti, i wrthod bwyta dy hoff fwyd di fel hyn.'

Pwyntiodd Deio at ei geg, i geisio dangos i'w fam nad oedd yn gallu agor ei geg.

'Mi wna i fwyta'i bitsa fo!' meddai Lisa'n syth, yn llygadu plât ei brawd. Ac ar hynny, cododd Mam y plât o dan drwyn Deio a'i osod o flaen Lisa.

'Wel, gwell hynny na bod y bwyd yn cael ei wastraffu,' dywedodd Mam, gan edrych yn bryderus i gyfeiriad ei mab.

Dydy hyn ddim yn deg! Dyna roedd Deio'n ei weiddi y tu mewn. Dw i isio'r pitsa a'r sglodion yna – fi bia nhw! A finnau wedi bwyta'r holl lysiau afiach 'na amser cinio hefyd! bytheiriodd iddo'i hun. Teimlai mor rhwystredig a blin, ac roedd y ffaith na fedrai agor ei geg i ddweud hyn wrth ei fam yn gwneud iddo deimlo'n waeth. Er mawr syndod iddo, dechreuodd grio. Sylwodd Mam ar y dagrau'n llifo'n araf i lawr ei fochau.

'O, Deio druan. Dwyt ti ddim yn dda o gwbl, mae'n amlwg,' meddai Mam gan roi coflaid fawr i'w mab.

Roedd hyn yn gwneud i Deio deimlo'n waeth fyth, a llifai'r dagrau i lawr ei ruddiau. Roedd hyd yn oed Lisa wedi'i synnu gan hyn, ac wrth iddi hi syllu arno'n gegagored, gallai Deio weld tamaid o'i bitsa fo yno. Roedd o wedi gwylltio cymaint nes gwthio'i gadair oddi wrth y bwrdd a rhuthro i fyny'r grisiau i'w ystafell wely. Gorweddodd ar y gwely a beichio crio i mewn i'w glustog.

I lawr y grisiau, roedd ei fam wedi cychwyn i gyfeiriad y drws er mwyn ei ddilyn, ond roedd Lisa wedi'i stopio gan ddweud, 'Gad iddo fo, Mam. Mae'n siŵr y byddai'n well ganddo fo fod ar ei ben ei hun.'

Ar ôl yr holl grio, roedd Deio'n teimlo'n flinedig iawn, er na allai agor ei geg i ddylyfu gên. Syrthiodd i drwmgwsg.

Roedd yn cysgu mor drwm fel na chlywodd ei fam yn sleifio i'r ystafell awr yn ddiweddarach, na'i theimlo'n tynnu gorchudd y gwely drosto. Theimlodd o mo'r gusan a blannodd ei fam ar ei dalcen, na'i chlywed yn sibrwd, 'Cysga di'n dawel tan y bore, 'machgen i.'

Er na chafodd ei fam ateb, gwelodd ei geg yn agor rhyw fymryn, wrth i Deio roi ochenaid drom.

9

'Bore da, Deio.'

Deffrodd Deio wrth glywed llais annwyl ei fam.

'Dw i am fynd â dy chwaer i'r ysgol. Fydda i ddim yn hir.'

Rhwbiodd Deio'i lygaid, yn methu'n lân â deall beth oedd wedi digwydd. Pam nad oedd o'n mynd i'r ysgol heddiw, felly? Yna cofiodd am y diwrnod rhyfedd a gafodd ddoe. Agorodd ei geg led y pen, a'i chau. Gwnaeth yr un peth eto. Ac eto . . .

'Rydw i'n gallu agor fy ngheg!' meddai wrth ei fam mewn syndod.

'Wel, wyt siŵr iawn,' chwarddodd hithau.

Diolch byth! meddai Deio wrtho'i hun. Tybed ai breuddwyd oedd y cyfan?

'Doeddet ti ddim hanner da neithiwr,' meddai ei fam. 'Ro'n i'n meddwl efallai y byddai'n syniad da i ffonio'r doctor ar ôl i mi ddod o'r ysgol, i drio cael apwyntiad ar dy gyfer di, yn enwedig a thithau heb fwyta dim o dy swper.'

Hmmm, meddyliodd Deio, nid breuddwyd oedd y cyfan, felly. Roedd ddoe wedi digwydd go iawn. Ond roedd o wedi mynd i'w wely neithiwr yn methu agor ei geg, a bore 'ma, roedd o'n gallu gwneud. Efallai mai dim ond am yr un diwrnod hwnnw roedd y pethau rhyfeddol o wirion wedi digwydd iddo.

'Ond dw i'n iawn, Mam. Dw i'n hollol iawn!' meddai, gan neidio o'i wely. 'Rho ddwy funud i mi 'molchi ac mi fydda i'n barod i fynd i'r ysgol.' Ac i ffwrdd â fo ar ei union i'r ystafell ymolchi.

Ysgydwodd Mam ei phen mewn anghrediniaeth, a chnoi'i gwefus isaf wrth boeni am ei mab. Fel arfer, roedd yn rhaid iddi lusgo Deio o'i wely a'i orfodi i fynd i'r ysgol, ond bore 'ma roedd o wedi codi o'i wirfodd, ac eisiau mynd i'r ysgol. O diar, tybiodd Mam, mae'r bachgen 'ma yn amlwg yn sâl iawn!

Yn yr ystafell ymolchi, sblasiodd Deio ddŵr oer dros ei wyneb ac estyn am y lliain i'w sychu. Taenodd bast ar y brwsh dannedd, cyn ei wasgaru'n frysiog dros ei ddannedd. Sychodd ei geg yn ddiog â'i lawes, a dyna pryd y sylweddolodd ei fod yn dal i wisgo'i ddillad ysgol ers ddoe. Grêt, meddyliodd, does dim angen i mi newid heddiw, felly. Mi wnaiff hynny arbed ychydig o amser i mi. Gwenodd wrth feddwl cymaint o amser y byddai'n ei arbed yn y boreau petai o'n mynd i'w wely yn ei ddillad ysgol bob nos.

Edrychodd ar ei adlewyrchiad yn y drych. Roedd popeth yn ei le, ac yn edrych yn gwbl normal. Gallai glywed ei chwaer fach yn hymian canu o'r ochr arall i'r drws, a gwgodd wrth gael ei atgoffa mai hi fwytodd ei swper o neithiwr.

'Lisa fach a cheg rhy fawr, dwyt ti ddim yn gallu canu!' bloeddiodd arni gan ddal i edrych arno'i hun yn y drych.

Clywodd sŵn ei thraed yn nesáu at y drws, a bloeddiodd hithau yn ei hôl arno, 'Tyfa i fyny, Deio!'

Chwarddodd Deio, a sylwi yn y drych ar staen ar ei siwmper. Grefi ers amser cinio ddoe, mae'n siŵr, tybiodd. Rhwbiodd y staen, a throi'n ôl i edrych yn y drych i weld pa mor amlwg oedd o erbyn hyn. Er mawr syndod iddo, doedd y drych ddim yn ei le arferol – roedd o wedi symud yn is i lawr y wal. Wrth i

Deio geisio gwneud synnwyr o'r cyfan, tarodd ei ben yn galed yn erbyn rhywbeth.

'Aw!' gwaeddodd, gan rwbio'i ben ac edrych i fyny i weld beth oedd yno. Y nenfwd! Roedd o wedi tyfu i fyny – yn llythrennol!

'O na,' llefodd, 'ddim eto!'

Roedd yr ystafell yn teimlo'n gyfyng iawn, a doedd gan Deio ddim lle i symud erbyn hyn.

Ceisiodd eistedd ar y toiled, ond roedd hynny'n gwneud i'w goesau dyfu'n hirach fyth. Roedd ei drowsus ysgol fel siorts amdano, a'i bengliniau yn y golwg. Roedd ei siwmper ysgol wedi'i rhwygo yn ei hanner, a phob botwm wedi popio oddi ar ei grys.

Sut yn y byd ydw i am esbonio hyn? meddyliodd. Mi fydd yn rhaid i mi aros i rywun ddod i ddweud wrtha i am wneud rhywbeth arall, dyna'r cyfan. Ceisiodd ddarbwyllo'i hun y byddai popeth yn iawn.

Ymhen ychydig funudau, daeth cnoc ysgafn ar y drws. 'Deio, wyt ti'n barod i ddod allan?' gofynnodd ei fam yn dawel.

'Ydw, Mam, diolch!' atebodd Deio yn falch o glywed llais ei fam. Disgwyliodd yn eiddgar i'w goesau ei arwain at y drws wrth iddo fynd yn ôl i'w faint arferol unwaith eto. Ond ddigwyddodd dim byd. Roedd Deio'n dal i eistedd ar y toiled fel cawr mewn tŷ bach twt. Daria, meddyliodd, wnaeth Mam ddim dweud wrtha i am ddod allan, dim ond gofyn a o'n i eisiau dod allan.

'Wyt ti eisiau i mi ddod allan, Mam?' holodd, gan obeithio y byddai hithau'n rhoi rhyw fath o orchymyn iddo.

'Na, dim brys cariad,' meddai Mam. 'Cymera faint fynni di o amser. Rydw i am ddanfon Lisa i'r ysgol rŵan, rhag iddi fod yn hwyr. Iawn?'

Ochneidiodd y Deio anferth yn drwm. 'O'r gorau, Mam,' meddai'n anfoddog.

'Arhosa di'n fan'ma, fel hogyn bach da! Fydda i ddim yn hir!'

Ac wrth i Mam ddweud y gair 'bach', teimlodd Deio ei hun yn lleihau'n raddol o ran

taldra. Pan deimlai ei fod yn ôl yn ei faint arferol, aeth i sefyll wrth y drych i weld a oedd unrhyw newidiadau mawr wedi digwydd iddo yn ystod ei gyfnod fel cawr. Teimlai fel petai'r drych yn dringo'n uwch ac yn uwch i fyny'r wal, ond gwyddai'n iawn nad dyna oedd yn digwydd. Y fo oedd yn mynd yn llai ac yn llai.

'Mam! Mam!'

Ceisiodd weiddi am help, ond roedd ei fam eisoes wedi mynd i lawr y grisiau ac wedi cau'r drws yn glep ar ei hôl.

Roedd Deio wastad wedi casáu cael ei alw'n 'hogyn bach', ond ar yr union foment hon, roedd o'n casáu'r peth yn fwy nag erioed.

10

Wyddai Deio ddim pa un oedd waethaf: bod yn anarferol o fawr, neu'n anarferol o fach. Teimlai fel morgrugyn bach mewn byd enfawr. Roedd wedi bod yn eistedd ar un o fotymau ei grys am amser hir, gan fod y teils ar y llawr yn teimlo mor oer.

Roedd Deio'n methu credu gymaint o amser roedd ei fam wedi'i gymryd i gerdded i'r ysgol ac yn ôl. Mae'n siŵr ei bod hi wedi stopio i gael sgwrs gydag Anti Lil Loli, tybiodd. Neu gyda rhywun yn yr ysgol . . . O na! meddyliodd. Beth os ydy hi wedi mynd i siarad â Mr Cadwaladr? Neu Miss Parri? NEU'R DDAU?! Beth os daw hi i wybod am ei holl helyntion yn yr ysgol ddoe? A phnawn dydd Gwener diwethaf . . .

Mi fyddai mewn cymaint o drwbl pan glywai ei fam am ei ymddygiad siomedig yn yr ysgol yn ddiweddar! Efallai nad yw'n ddrwg o beth 'mod i mor fychan wedi'r cwbl, meddyliodd. Mi fydd yn ddigon hawdd cuddio oddi wrth Mam pan ddaw hi adre'n flin . . . Ond eto, os bydd hi'n gweiddi arna i i ddod i lawr y grisiau, mi fydd raid i mi wneud hynny – ar unwaith!

Ochneidiodd Deio'n drwm. Roedd o wedi cael llond bol ar yr hyn oedd yn digwydd iddo. Beth petai o'n aros fel hyn am weddill ei fywyd – byw ei fywyd o ddydd i ddydd heb unrhyw reolaeth dros beth oedd o'n ei wneud. Ond dydw i ddim wastad wedi bod fel hyn, meddyliodd. Peth diweddar iawn ydy o. Do, fe wnes i droi bysedd y cloc pan oedd gweddill y dosbarth yn dweud y byddai'n syniad da, ond doedd dim rhaid i mi wneud. Mi fuaswn i wedi gallu peidio â gwneud, os o'n i eisiau. Beth sydd wedi digwydd i achosi i mi fod fel hyn?

Cerddodd Deio mewn cylchoedd o amgylch y botwm bach, yn gwneud ei orau glas i wneud synnwyr o'r holl beth. Pryd yn union gychwyn-nodd y broblem . . ? Caeodd Deio'i lygaid yn dynn wrth geisio cofio'r tro diwethaf iddo lwyddo i anwybyddu geiriau rhywun, a pheidio gorfod gwneud fel roedden nhw'n ei ddweud.

Roedd popeth yn normal yn y bore, wrth adael y tŷ i fynd i'r ysgol, ac ar ôl cyrraedd yr ysgol . . . Y ffrae amser chwarae! Agorodd ei lygaid led y pen eto. Wrth gwrs! Amser chwarae! Roedd popeth yn iawn tan i mi syrthio i gysgu wrth ddesg Mr Cadwaladr, meddyliodd.

'Dyna pryd newidiodd pethau!' meddai'n uchel, yn falch o fedru gwneud rhywfaint o synnwyr o'r newid mawr ynddo. Dyna pam y gwnes i weithio mor galed wedyn . . . a chytuno i ddarllen fy ngwaith yn uchel, o flaen gweddill y dosbarth. Doedd gen i ddim dewis! Mae'n rhaid bod Mr Cadwaladr yn gwybod rhywbeth, tybiodd. Mae'n rhaid ei fod o wedi sylwi ar newid . . . wedi sylwi ar rywbeth yn digwydd i mi yn ystod amser chwarae. Roedd o yno yr holl amser. Mi fydd raid i mi fynd yn ôl i'r ysgol i siarad â'r prifathro, a hynny ar frys!

'DEIO WILLIAMS!'

Clywodd lais ei fam yn galw, a sŵn y drws ffrynt yn cau'n glep ar ei hôl.

'Mae gen ti lot fawr o waith esbonio ac ymddiheuro i'w wneud!' Gallai glywed ei fam yn brasgamu i fyny'r grisiau. 'Sâl, wir! Agora'r drws y funud hon!'

Teimlodd Deio'i hun yn tyfu wrth gerdded at

y drws i'w agor. Roedd ei fam yn edrych yn gandryll.

'Rwyt ti am ddod efo fi i'r ysgol ar unwaith . . . Ble mae dy ddillad di?!' Syllodd ei fam arno, a chofiodd Deio'n sydyn fod ei ddillad wedi rhwygo wrth iddo dyfu'n enfawr. Safai yno'n gwisgo dim ond ei drôns bach.

'Y peth ydy, Mam,' ceisiodd Deio egluro, ond roedd ei fam wedi gwthio heibio iddo, wedi codi'r ddau hanner siwmper yn ei dwylo, ac yn syllu ar y crys di-fotwm ar y llawr.

'Does ryfedd nad oeddet ti eisiau mynd i'r ysgol heddiw a thithau yn y fath helbul yno, ond mae hyn . . .' meddai, gan gyfeirio at y carpiau o ddillad yn ei dwylo, 'yn mynd â phethau'n rhy bell o lawer! Dos i newid i ddillad glân y funud 'ma!'

'Â phleser,' meddai Deio, cyn symud yn ufudd i'w ystafell wely i newid.

Prin ei fod wedi gwisgo amdano, nad oedd ei fam yn sefyll yn y drws.

'Rwyt ti'n dod efo fi i'r ysgol y funud hon, ac rwyt ti am gael sgwrs hir â'r prifathro . . . A dwyt ti ddim i siarad efo fi, na neb arall, nes dy fod ti wedi ymddiheuro i'r prifathro. Wyt ti'n deall?'

Grêt! meddyliodd Deio, a phetai wedi gallu dweud hynny'n uchel, mi fyddai wedi gwneud hynny o waelod ei galon.

11

Roedd ei siwrnai i'r ysgol yn un ddigon diffwdan. Roedd ei fam wedi dweud wrth unrhyw un a ddeuai i'w cwrdd nad oedd ganddyn nhw amser i siarad, felly chafodd neb gyfle i ddweud wrtho am wneud unrhyw beth.

Pan gyrhaeddon nhw'r ysgol, roedd hi'n amser chwarae. Roedd Mr Cadwaladr yn y dosbarth, yn paratoi ar gyfer y wers nesaf.

'Mr Cadwaladr, mae'n ddrwg iawn gen i'ch styrbio chi eto,' ymddiheurodd Mam. 'Dw i wedi dod â Deio i'r ysgol. Mae'n ymddangos ei fod o'n teimlo'n well o lawer erbyn hyn,' meddai gan edrych yn filain i gyfeiriad ei mab, 'a dw i'n meddwl ei fod o eisiau dweud rhywbeth wrthoch chi.'

'A, Mrs Williams, dim problem o gwbl. Diolch yn fawr i chi!' atebodd Mr Cadwaladr. 'Gadewch o yma efo fi, ac fe gawn ni sgwrs fach cyn i weddill y disgyblion ddod yn ôl i'r dosbarth.'

'Diolch, Mr Cadwaladr,' dywedodd Mam. Cyn troi i adael, edrychodd eto ar ei mab ac ychwanegu, 'Unrhyw helynt heddiw, Mr Cadwaladr, dim ond codi'r ffôn fydd angen i chi ei wneud, ac mi fydda i yma mewn chwinciad chwannen.'

'Dw i'n siŵr y byddwn ni'n iawn, diolch i chi. Dw i'n gobeithio bod Deio wedi dysgu'i wers erbyn hyn.'

Gwyliodd Deio wrth i'w fam adael yr ystafell ddosbarth a cherdded i gyfeiriad y dderbynfa.

Caeodd Mr Cadwaladr y drws ar ei hôl, a dweud, 'Dos i eistedd i lawr wrth fy nesg i, Deio.'

Llyncodd Deio'i boer. Doedd o ddim yn siŵr a oedd o'n syniad da bod yn yr ystafell hon ar ei ben ei hun gyda Mr Cadwaladr, ar ôl bod yn yr un sefyllfa ddoe.

'Roeddet ti eisiau dweud rhywbeth, Deio?'

'O'n, Mr Cadwaladr. Eisiau ymddiheuro . . . dweud sori . . . am bob dim.'

'Cyn belled â dy fod ti wedi dysgu dy wers . . .'

'O ydw, Mr Cadwaladr. Ac ro'n i eisiau

70

gofyn rhywbeth i chi, hefyd . . . Mae 'na bethau . . . od . . . wedi bod yn digwydd i mi yn ystod y ddau ddeg pedwar awr ddiwethaf.'

'O?' meddai Mr Cadwaladr yn hollol ddidaro.

'Dw i jest eisiau bod yn normal eto, Mr Cadwaladr, fel ro'n i . . . wel, ddim yn union fel ro'n i, achos dw i eisiau bod yn well . . . yn fachgen da . . .'

Byrlymai'r geiriau o geg Deio. Yn fwy na dim yn y byd, roedd o eisiau i Mr Cadwaladr roi stop ar y felltith hon. Doedd o ddim eisiau byw ei fywyd yn ofni beth fyddai pobl yn ei ddweud wrtho o funud i funud.

'Rwyt ti'n awyddus i newid, felly?' holodd Mr Cadwaladr, a hanner gwên ar ei wyneb.

'O hyn ymlaen, dw i am wneud 'y ngorau glas i fod yn ufudd, Mr Cadwaladr, a dw i am drio cadw allan o drwbl.'

Trodd Mr Cadwaladr i'w wynebu gan ddweud, 'Edrycha i fyw fy llygaid i, a dweud dy fod ti wedi dysgu dy wers.'

Wrth gwrs, doedd dim angen gofyn dwywaith iddo y tro hwn. Edrychodd Deio i fyw llygaid ei athro, ac wrth wneud hynny gwnaeth Mr Cadwaladr rywbeth rhyfedd iawn. Fe wthiodd y sbectol drwchus oedd ar flaen ei drwyn main yn ei hôl reit at ei lygaid. Doedd gan Deio ddim cof o weld Mr Cadwaladr yn edrych drwy'i sbectol o'r blaen – edrych drosti fyddai o bob amser. Wrth weld ei lygaid drwy'r gwydr trwchus llychlyd, teimlai Deio'i sylw yntau'n cael ei hoelio arnynt. Dechreuodd deimlo'n gysglyd, gysglyd . . .

Wrth i'r wythnosau fynd heibio, roedd sawl un wedi sylwi ar newid mawr yn Deio, o ran ei ymdrech a'i ymddygiad – y tu mewn a'r tu allan i'w wersi. Roedd o wedi gafael yn llaw Lisa i'w helpu i groesi'r ffordd bob bore a phnawn, heb i neb orfod gofyn iddo, byth ers y sgwrs honno gyda Mr Cadwaladr.

Roedd o'n gwrtais gyda phawb. Doedd e ddim yn gwastraffu bwyd, a hyd yn oed yn bwyta'r llysiau oedd ar ei blât . . . ar wahân i fresych. Roedd o'n dal i gasáu bresych. Roedd ei lyfr gwaith cartref wedi cael trawsnewidiad wedi i Deio ofyn i'w fam ei helpu i roi clawr newydd arno. Doedd o ddim wedi gorfod cael ei yrru i'r Gornel Gallio chwaith, byth ers y tro hwnnw ar un o ddiwrnodau rhyfeddaf ei fywyd.

Doedd ei gorff ddim yn newid os oedd rhywun yn ei alw'n 'hogyn bach', neu'n gofyn iddo dyfu i fyny. Roedd bywyd yn mynd yn ei flaen yn ddigon normal.

'Rrrrrreit 'ta,' meddai Mr Cadwaladr wrth i gloch amser chwarae ganu un bore dydd Gwener braf. Roedd y dosbarth wedi cael gwers Gelf, ac wedi bod yn torri papur a gludo. 'Fydd neb yn cael mynd allan i fwynhau'r haul nes bod yr ystafell ddosbarth hon fel pìn mewn papur, a phob darn o bapur yn y bin ailgylchu!'

'Ooooooo,' cwynodd y dosbarth. Roedd amser chwarae'n rhy fyr fel arfer, ond byddai clirio'r dosbarth yn gyntaf yn golygu mai prin llwyddo i gyrraedd allan fydden nhw cyn i'r gloch ganu i ddweud wrthyn nhw am ddod yn ôl i mewn.

'Dim cwyno!' ychwanegodd Mr Cadwaladr. 'Chi greodd y llanast, ac felly chi sy'n gyfrifol am ei glirio. Fe estynna i fagiau bin ychwanegol i chi,' meddai, cyn camu i'r stordy adnoddau i'w nôl.

Roedd Deio'n chwys domen. Gwelodd ddrws
y stordy'n lydan agored, a'r allwedd yn y clo.
Roedd hwn yn gyfle rhy dda i'w golli . . .